LIBRO DE ADVIENTO

LA MAGIA DE LA NAVIDAD

Texto de Mathilde Paris
Ilustraciones de Marine Gosselin

Traducción de Marta Cabanillas

sm

¡Hola a todo el mundo!

Esta novela te acompañará
hasta el **corazón de la Navidad.**

Cada día del mes de diciembre,
hasta Nochebuena, usa una regla para separar las páginas troqueladas y **abrir el capítulo** correspondiente, como si fuera un **calendario de Adviento.**

Puedes leer
cada capítulo
por tu cuenta
o en compañía,
**¡lo que más
te apetezca!**

¡Feliz lectura!

1 diciembre

En Jutelandmökk (que se pronuncia Yutelandmuk), la Navidad es más mágica que en ningún otro lugar del mundo. En diciembre, el espíritu navideño se encuentra a la vuelta de cada esquina.

Todo empieza el 30 de noviembre a medianoche cuando el pueblo se cubre de nieve.

Hoy, precisamente, es 30 de noviembre. Son las 23:59 h y los primeros copos no tardarán en caer...

10, 9, 8, 7, 6, 5, 4, 3, 2, 1... 0.

Nada.

¿Qué estará pasando en Jutelandmökk?

PASTELERÍA CAFETERÍA
Abierto

¡Reunión infantil de urgencia!

—¿Dónde estará mi gorro rojo? —se pregunta Cleo mientras deja su cuarto patas arriba—. ¡El año pasado lo metí en ese cajón! —exclama muy enfadada.

En Jutelandmökk hay una tradición indiscutible: en diciembre, todo el mundo debe ponerse los complementos rojos, verdes y dorados más bonitos que tenga. Una bufanda brilli brilli, un gorro de duende, unos zapatos con purpurina... ¡Sirve cualquiera que tenga espíritu navideño! Papá Joel capitanea las fiestas: ¡es quien manda en el pueblo durante el mes de diciembre!

A Cleo le hacen los ojos chiribitas cuando piensa en las sorpresas que estará preparando el anciano. Está deseando ver a sus amigos Mario, Ada y Guille en el colegio para disfrutar de las luces, imaginarse los regalos que recibirán y empezar una monumental batalla de nieve... ¡como cada 1 de diciembre!

Sin embargo, algo le llama la atención: se acerca a la ventana despacio y se frota los ojos para estar segura de que no está soñando.

«¡OH! PERO ¿ESTO QUÉ ES?», piensa Cleo.

–¡Recontrapámpanos! –chilla con las manos sobre la boca–. ¡No ha nevado!

Cleo abre la ventana y mira de un lado a otro para comprobarlo. No hay ni un centímetro de nieve. ¡Ni siquiera un milímetro!

Coge la mochila y el gorro, que ha encontrado por fin, y corre hasta la cocina.

Allí encuentra a sus padres desayunando.

–¿Os habéis fijado? –pregunta con disgusto mientras señala hacia la ventana.

–Sí, sí, cariño, un gorro precioso –contesta su padre sin levantar la vista del periódico.

–¡Que tengas un buen día! –le desea su madre por inercia.

¡Patatas asadas y boñigas de reno! ¿Los adultos no se pispan de nada? ¡Reunión de urgencia en el cole a la de ya!

Cleo sale disparada sin perder ni un segundo.

Cuando llega sin aliento al patio, sus tres amigos ya están allí.

–Ho... hola a... todos –saluda.

Sus compañeros empiezan a hablar a la vez sin dejarle recuperar el aliento.

–¡Esto es de locos! ¡No ha nevado! –grita Mario enfadado.

–¡La Navidad se va a la porra! –gimotea Guille.

–¡Yo esta mañana he visto al médico entrando en casa de Papá Joel! –informa Ada.

De pronto, se hace un silencio. El enfado de Mario se evapora y Guille se seca las lágrimas de cocodrilo.

–¿Cómo dices? –pregunta Cleo.

Ada lo repite despacio y con un tono de lo más misterioso:

–Que esta mañana he encendido mi velita del 1 de diciembre, he echado un vistazo por la ventana, he mirado a un lado y a otro, y me he dicho: «No puede ser», pero así era... ¡No había nevado! Y entonces...

–¡Venga, Ada, ve al grano! –refunfuña Mario.

–... he visto al médico entrando en casa de Papá Joel...

No han podido seguir hablando porque la directora los ha interrumpido:

–¡Buenos días! Vuestra profesora, la señora Gramátiquez, no vendrá hoy. Podéis volver a casa, vamos a avisar a vuestros padres.

Ada, Mario, Cleo y Guille se miran.

Al final es Ada quien rompe el silencio:

–Sin nieve, con el médico en casa de Papá Joel y la profe ausente... ¿Qué está pasando en el pueblo?

2
diciembre

PASTELERÍA CAFETERÍA
Abierto

¡Un rollito de canela y todo resuelto!

–¡Esto es serio, amigos! –dice Guille mientras suelta su rollito de canela.

¡Guille no deja un rollito en el plato jamás de los jamases! Los que hace Clementina, la dueña de la pastelería del pueblo, tienen muy buena fama. Guille es capaz de comerse ocho de una sentada. Incluso una vez llegó a zamparse nueve, pero no guarda muy buen recuerdo de ese día, así que no se habla de ello. ¡En cualquier caso, nunca se detiene en plena degustación!

—Ya, pero ¿qué podemos hacer nosotros? —responde Ada, encogiéndose de hombros. A continuación, le da un mordisco a su rollito y exclama—: ¡Madre mía! ¡Tienes toda la razón! ¡Esto es muy serio!

—Pero ¿qué os pasa? —interviene Cleo—. ¡No entiendo nada!

—¡Prueba el rollito! —ordena Guille.

Cleo obedece.

—¡Boñiga de gallina y baba de caracol! ¡A Clementina le han salido mal los rollitos de canela!

Los niños han quedado en la pastelería de Clementina, que también es cafetería. La pastelera llega justo en ese momento.

—Os prometo que los he hecho como siempre... ¡No lo entiendo!

—Tampoco es algo tan terrible, Clementina —templa los ánimos Guille, que intenta mantener una actitud positiva.

—Eso. ¡Hay cosas más importantes! —añade Ada.

–¿Más importantes que el hecho de que mis rollitos estén para tirar? –pregunta Clementina.

Los niños fruncen el ceño y Mario le lanza una pregunta:

–¿Tú no has visto nada o qué?

–¿De qué estáis hablando?

–¡Clementina! –exclama Ada–. ¡Algo está pasando en Jutelandmökk!

Mientras Mario y Ada le cuentan todo (que no hay nieve, tampoco profesora, que el médico está en casa de Papá Joel...), Clementina se encoge de hombros.

–¡Y no te olvides de las guirnaldas! –exclama Mario.

Así es: cada 1 de diciembre, por la noche, mientras todos duermen apaciblemente, Papá Joel coloca las guirnaldas en Jutelandmökk. Pero este año, nada.

Ada termina con una conclusión:

–Amigos, tengo un presentimiento... ¡La Navidad corre peligro!

Aunque se hace el silencio, Guille le da un mordisco a su rollito. ¡No estará bueno, pero más vale un rollito regulero que ninguno!

–¡Hay que ponerle un nombre a nuestro plan de acción! –exclama de pronto Cleo–. Propongo: «El misterio del día de Navidad».

–¡Bien dicho! No vamos a quedarnos de brazos cruzados. ¡Vamos a salvar la Navidad del pueblo!

En ese momento, resuena un gran cascabel. Es Daloween, el reno cartero jefe de Jutelandmökk, que llega jadeando. Les entrega un sobre mientras emite un débil berrido.

–¿Qué dice? –le pregunta Mario a Cleo.

–Se queja de que nos ha estado buscando por todas partes.

Cleo, además de soltar expresiones un poco raras, también habla renés, el idioma de los renos. Abren el sobre.

Vuestra querida profesora, la señora Gramátiquez, estará ausente hasta nueva orden. No olvidéis hacer los deberes.

–¡Estupendo! –sonríe Ada.

–¡Eh, no está bien que digas eso de la profe! –replica Mario–. Tal vez esté enferma.

–Ay, sí, ¡perdón! –contesta Ada–. Pero si la profe no viene, tendremos más tiempo para investigar.

Cleo, Mario y Guille asienten de inmediato. Sin embargo, Guille se atreve a formular la pregunta que todos tienen en mente:

–Y, exactamente, ¿cómo vamos a investigar?

Seis ojos bien abiertos le miran.

Es verdad: ¿cómo se lleva a cabo una investigación?

3
diciembre

PASTELERÍA CAFETERÍA
Abierto

¡Eso no mola!

Mario, Guille, Ada y Cleo nunca han investigado nada (porque no cuenta haber encontrado el peluche del hermanito de Ada), pero tienen olfato y ganas de salvar la Navidad.

Vestidos con sus mejores galas, al día siguiente se reúnen en la plaza mayor del pueblo.

–¿Os habéis fijado? –murmura Ada–. Mirad a los adultos.

Mario, Cleo y Guille observan a los que están a su alrededor.

–¡¿Pero esto qué es?! –suelta Guille.

–¡Por todas las astas! –lanza Cleo.

–¡Este año, nadie ha respetado la tradición de ponerse la ropa de Navidad! –dice finalmente Mario.

Los adultos del pueblo pasan por la plaza como si nada, vestidos como siempre.

–Lo de nuestros padres tiene un pase; y Clementina, bueno, ya sabemos que a ella no le gusta mucho la Navidad... ¡Pero esto ya es de locos! –exclama Mario.

–¡Vamos! –grita Cleo–. ¡Esto no se va a quedar así!

Mario, Ada, Guille y Cleo empiezan a llamar la atención a los adultos. Incluso Guille, que nunca se enfada, se altera:

–¿Es que no os dais cuenta? Las tradiciones de Jutelandmökk existen desde hace... desde hace...

¡milenios! –afirma sin estar muy seguro–. ¡Si dejamos de respetarlas, la Navidad dejará de ser Navidad! ¡Y el pueblo perderá su alma!

–¡Es verdad! –añade Mario–. Mirad, ¡hasta yo me he puesto los calcetines navideños, así que vosotros también podríais hacer un esfuerzo!

La madre de Guille, a quien divierte la situación, le alborota el pelo a su hijo y sigue su camino, al igual que los demás adultos. El padre de Mario grita a lo lejos:

–¡Nos vemos esta tarde!

–Vaya, nadie nos toma en serio –refunfuña Mario.

–¡Es como si fuéramos invisibles! –prosigue Cleo.

Ada saca una libreta del bolsillo para tomar notas de la investigación.

–Bueno, ¡pues como los adultos no se inmutan, nos toca hacer algo a nosotros! –exclama–. ¡Pasemos a la siguiente fase!

–¿La merienda? –pregunta Guille, relamiéndose.

–No, hombre –responde Cleo con una sonrisa–. Creo que Ada está diciendo que vayamos a visitar a Papá Joel, ¿me equivoco?

–Exacto –murmura Ada con intriga–. Esta misión está resultando más complicada de lo previsto. Hay que actuar con discreción.

Justo entonces, las tripas de Guille empiezan a rugir como truenos.

–¡He dicho «discreción», Guille! –susurra Ada.

–¿Qué quieres que le haga? ¡Tengo hambre!

Por desgracia para él, sus tres amigos ya se están partiendo de risa.

–Venga, ¡en marcha!

Pero, cuando llegan al otro lado de la plaza, reciben un mazazo: Guille se cae de culo, Mario chilla de rabia, Ada saca la libreta y Cleo masculla una de esas frases que solo ella entiende.

De la pared del ayuntamiento cuelga una gran banderola. Sin embargo, no se trata de un alegre adorno navideño, no, sino de un banderín donde puede leerse: «¡Este año no hay Navidad!».

¿Quién habrá podido hacer algo así?

4
diciembre

PASTELERÍA CAFETERÍA
Abierto

¡Papá Joel está fuera de juego!

Ayer, después del *shock* que les produjo la banderola, los amigos prefirieron volver a casa y pensar un poco. En Jutelandmökk, como en cualquier otro sitio, la noche es buena consejera.

Esta mañana han quedado en casa de Papá Joel, que se encuentra pegada al lago, junto al bosque. Es muy fácil de distinguir: se trata de una casa grande y pintada de rojo cuyos postigos están adornados con siluetas de renos.

«Navidad, Navidad, blanca Navidad», se oye al tocar el timbre.

Esmeralda abre la puerta.

—¡Vaya! ¡Hola, niños! ¿Qué os trae por aquí?

La esposa de Papá Joel sonríe, pero sus ojos no brillan como de costumbre.

—¡Nos gustaría ver a Papá Joel! —se atreve a decir Guille.

—Es que…

—¡Sabemos que algo va mal! —reacciona Mario—. ¡Queremos averiguar qué está pasando, por qué, cómo, dónde, con quién y cuándo!

A pesar del cansancio que transmite su rostro, Esmeralda suelta una carcajada.

—¡Vale, vale, lo he entendido! ¡Creo que una visita no le vendrá mal!

La mujer los conduce al interior de la casita. Dentro hay gran cantidad de adornos de madera tallada y velas encendidas. Pero, sobre todo, hay cajas aún sin abrir llenas de decoración navideña.

Esmeralda abre una puerta. En el fondo de la habitación, ven a Papá Joel metido en la cama con pinta de estar muy débil.

–Ay, lo siento, no va a poder ser... –susurra Esmeralda–. Lleva tres días durmiendo mucho. ¡Y cuando se despierta es para quejarse!

–¡No, no, no, no! –gimotea Guille–. ¿Qué vamos a hacer si Papá Joel está enfermo?

–La Navidad está condenada... ¡y no podremos arreglarlo! –grita Cleo–. Jutelandmökk perderá su magia; los renos se irán a otro sitio; Hércules, el herrador, se quedará sin trabajo; Clementina dejará de hacer rollitos de canela, ¡y nuestro pueblo será tristísimo!

–¡Abrazo de oso! –exclama Ada–. ¡Lo necesitamos!

Aunque Mario protesta entre dientes, se une a sus amigos. ¡Al fin y al cabo, un abrazo siempre sienta bien!

Esmeralda los observa con atención y, de pronto, su rostro se ilumina.

–Y si... Sí, eso podría resolver el problema... –murmura, y suelta de pronto–: ¡No os mováis de aquí! ¡Ahora vengo!

Ada, Guille, Mario y Cleo oyen a Esmeralda rebuscar en los armarios, cerrar puertas y también despotricar.

–¿Dónde narices estará?

–¿El qué, Esmeralda? –pregunta Guille.

–Pues *El libro mágico de la Navidad*, ¡qué si no! Es un cuaderno donde Joel apunta lo que hace desde el 1 de diciembre hasta el día de Navidad. Los concursos, las actividades, las luces... Incluso anota lo que va a decir. En fin, todo lo importante.

–¡Genial! –exclama Ada–. ¡Es como si fueran unas instrucciones! Si Papá Joel no puede hacerlo este año por estar enfermo, pues podemos encargarnos nosotros en su lugar. ¡Salvaremos la Navidad!

–¡Eso! –añade Cleo–. ¡Lo montaremos todo nosotros!

Mario asiente, mientras Guille mordisquea un trozo de bizcocho de jengibre.

Todos vuelven a sonreír.

Entonces Esmeralda lanza un grito:

–¡No puede ser! –exclama tapándose la boca con las manos.

–¿Qué pasa? –pregunta Guille.

–El... el... el libro... El libro... ¡ha desaparecido! ¡Y en su lugar hay un sobre!

Se lo tiende a Mario, quien lo abre y lee su contenido en voz alta: «Me he llevado *El libro mágico de la Navidad*, y jamás lo encontraréis. Como sois unos cebollinos, os echaré una mano: ¡no me gusta la Navidad, y no pararé hasta que se cancele!».

5
diciembre

PASTELERÍA CAFETERÍA
Abierto

¡El motín cobra fuerza!

Aunque la señora Gramátiquez siga ausente, los alumnos pueden reunirse en una sala para hacer los deberes juntos.

–¡Al menos la profe no se ha olvidado de que pronto va a ser Navidad! –dice Mario al terminar un problema de mates que consiste en contar regalos.

–¡Ya te digo! –añade Ada–. ¡Este tema sobre las tradiciones de Adviento en el mundo es superinteresante!

Entre ejercicio y ejercicio, hablan de su misión secreta: «El misterio del día de Navidad».

–El mes de diciembre no está empezando muy bien.... –se lamenta Guille.

–¡Querrás decir que es una porquería total! –le contesta Mario.

Desde que vieron a Papá Joel en la cama y supieron que alguien había robado el libro, están cada vez más preocupados. ¿Qué pueden hacer para que la Navidad regrese a Jutelandmökk? ¡No saben ni por dónde empezar!

Cuando terminan los deberes, los niños deciden ir otra vez a ver la banderola: tal vez encuentren alguna pista allí.

–Además, he traído el sobre que encontramos en casa de Papá Joel. He pensado que tal vez nos sirva para algo –comenta Mario.

–¡Eh, mirad! –grita Ada de pronto.

Mario, Guille y Cleo se dan un buen susto y miran a su alrededor. Ada vuelve a la carga:

–¡La letra del sobre y la de la banderola parecen la misma!

–¿En serio? –pregunta Guille, boquiabierto.

–¡Eso quiere decir que detrás de todo esto se esconde alguien de Jutelandmökk! ¡Es imposible! ¿Quién sería capaz de algo tan horrible?

–¿A qué esperamos entonces? –exclama Ada–. ¡Hay que ir a ver a Esmeralda! Ella sabrá decirnos si Papá Joel tiene algún enemigo.

Una vez en casa del anciano, los niños llaman al timbre. Sin embargo, en lugar de un alegre villancico, oyen un largo lamento: «Naaaviiidaaad, Naaaviiidaaad, blaaancaaa Naaaviiidaaad». ¡No tiene nada que ver con la melodía de ayer! ¡Incluso el sonido del timbre está hecho polvo!

Ya dentro, los niños interrogan a Esmeralda, quien no los ayuda demasiado, por desgracia.

–A ver, Joel no tiene enemigos. ¡Todo Jutelandmökk lo adora!

–Y si...

A Cleo no le da tiempo a terminar la frase, pues en el cuarto de Papá Joel se oye un grito.

–¡Hechizo! –vocifera el anciano en sueños.

Esmeralda les pide amablemente que se marchen: Papá Joel necesita descansar.

Mario, Cleo, Ada y Guille regresan al pueblo preocupados y pensando en ese «hechizo» salido de la nada.

Al llegar a la plaza, Cleo susurra:

–Tenemos un problema, amigos. Creo que Papá Joel no está enfermo, ¡sino que lo han hechizado!

De pronto, se percatan de una cosa. Allá donde miren, las casas de Jutelandmökk han perdido su esplendor. Es como si el pueblecito entero estuviera perdiendo sus colores al mismo tiempo que la magia de la Navidad.

–¡Sí, tenemos un GRAN problema! –continúa Mario–. No solo Papá Joel está hechizado, sino todo el pueblo...

6
diciembre

PASTELERÍA CAFETERÍA
Abierto

¡Boñigas de reno ahumadas!

–Bueno –señala Ada, frotándose las manos por el frío–, si ya no hay libro y todo Jutelandmökk está bajo los efectos de un hechizo, ¡pues nos toca a nosotros salvar la Navidad!

Para arrojar luz sobre el misterio que planea sobre el pueblo, los niños han quedado en un sitio especial: la cabaña de las maravillas. Esta casa, justo al lado del ayuntamiento, está cubierta de una hierba de la que se alimentan los renos.

Verde y con unas bonitas puertas rojas, cuenta con una entrada, donde se dejan los zapatos llenos de nieve, los esquís o el trineo, y un gran salón. Incluso hay unos percheros con forma de reno y cada habitante del pueblo tiene su propia silla de madera con su nombre grabado. Allí es donde suelen celebrarse las fiestas del mes de diciembre.

–¡Vale, jefa! –responde Cleo con una sonrisa–. ¿Sabéis qué? ¡Vamos a empezar poniendo los adornos! ¡Entremos!

En esta época del año, la cabaña de las maravillas normalmente ya está decorada y bien calentita gracias a las tres enormes chimeneas, ¡y todos los vecinos de Jutelandmökk se reúnen allí! Este año, en cambio, unos pálidos fluorescentes ocupan el lugar de los farolillos navideños y la decoración brilla por su ausencia.

Por más que miran, no encuentran ninguna caja.

–¡Los adornos tienen que estar en alguna parte! –afirma Cleo.

Se ponen a rebuscar. Ada levanta la gran alfombra para ver si debajo hay alguna trampilla. Mario, que ha cogido la cámara a su hermana, hace un montón de fotos. Cleo mira dentro del ropero y Guille abre los armarios.

De repente, oyen el chirrido de la puerta de la entrada.

–¡Viene alguien! –exclama Mario.

Cleo distingue una silueta.

–¡Rápido, al armario! –susurra a sus amigos mientras apoya el índice en los labios para que se callen.

Ya dentro, Ada pregunta:

–¿Qué está pasando?

–Es Ataúlfo –murmura Cleo.

–¿Y por qué quieres que nos escondamos del ayudante de Papá Joel? Es su brazo derecho con los preparativos del mes de diciembre –explica Guille.

–Bueno, se me ha olvidado deciros que ayer por la noche recordé una cosa: ¿cómo nos llama Ataúlfo cuando le agobiamos?, ¿y cuando nos pegamos a él?, ¿y cuando está de mal humor?

–*Cebollinos*, como en el mensaje... –dice Guille mientras suelta un gritito.

Cleo le tapa la boca con la mano, pero ya es demasiado tarde.

–¿Quién anda ahí? –pregunta Ataúlfo con desconfianza–. ¡Os he oído! ¡Salid de donde estéis!

Agazapados en la oscuridad, Ada, Guille, Cleo y Mario, con los pelos de punta por la voz del viejo gruñón, no se mueven ni un milímetro. Pero, como el espacio es muy estrecho, Guille resbala hasta el suelo, por lo que Mario pierde el equilibrio y, al caer, se agarra a un gancho. Entonces, la pared del fondo empieza a moverse y se gira.

Mario rueda y da una especie de voltereta. Se levanta y susurra:

–¡Alucino! ¡Un pasadizo secreto!

Los niños, boquiabiertos, descubren una habitación secreta y no dan crédito a lo que ven...

7
diciembre

PASTELERÍA CAFETERÍA
Abierto

¡No es fácil ser reno cartero!

Esta mañana, Ada se impacienta en la cabaña de las maravillas.

–¡JOOOOOOOO! –dice molesta–. ¿Por qué no hay nadie? ¿Qué están haciendo? ¡Y eso que anoche les mandé un mensaje!

El día anterior, tras asegurarse de que Ataúlfo se había marchado, los amigos salieron de su escondite cargados de cajas. Así es: ¡los adornos de Navidad estaban en la habitación secreta! Decididos a llevar algo de alegría a Jutelandmökk, los niños se pasaron dos horas colgando bolas y guirnaldas por allí, bastones de caramelo y coronas de abeto por allá...

Ada se gira hacia Daloween:

–Dalo, ¿entregaste la nota que te di a Guille, Mario y Cleo?

El reno contesta con un bramido incomprensible y sacudiendo la cabeza enérgicamente. ¡El sonido de su cascabel debe de haber retumbado en todo el pueblo!

–¡Ya está bien! –se impacienta Ada–. Venga, Dalo, vamos a buscarlos.

Empiezan por la casa de Mario. Al tercer timbrazo, su amigo abre la puerta en pijama.

–¿Recibiste mi mensaje? –le pregunta Ada.

–¿Qué mensaje?

Ada se vuelve hacia Daloween, que le muestra una sonrisa de oreja a oreja.

–Va, vístete, que nos vamos pitando a buscar a Guille.

En casa de su amigo, se repite exactamente la misma situación.

–¿Qué le pasa a Daloween? –murmura el niño–. Nunca se olvida de entregar una carta.

Ada se encoge de hombros.

–¡Cleo podrá ayudarnos! –responde–. ¡Es la única que habla renés!

–A ver, ¿qué te ha pasado? –le pregunta Cleo a Daloween cuando Ada le cuenta lo sucedido.

El reno, que ahora lleva una guirnalda entre las astas, vuelve a hacer lo mismo que antes. Todos miran a Cleo.

–Ay, pobre. Ya veo, ya –dice ella.

–¿Qué está farfullando? –pregunta Mario, impaciente.

–Daloween quería entregar el correo, como siempre, pero le pasó algo increíble: ¡se perdió! ¡Como si hubiera olvidado dónde vivían los

vecinos de Jutelandmökk! Su hermano, Dochebuena, se ofreció a hacerlo en su lugar, ¡pero él también ha metido la pezuña con nuestras direcciones!

Los amigos acarician al reno para calmarlo.

–Es muy preocupante todo lo que está pasando en el pueblo –expone Mario–. Es como si, desde el 30 de noviembre a medianoche, todo se hubiese alterado. Menudo hechizo superpotente...

–Ada, ¿qué pusiste en tu carta? –continúa Guille–. ¿Nos dabas alguna idea para salvar la Navidad?

–¡Sí! Os decía que nos reuniésemos para contárosla. Ahí va: ¿y si hacemos nuestro propio libro mágico de la Navidad?

–¿Qué quieres decir? –pregunta Guille.

–¡Como el de Papá Joel ha desaparecido, tenemos que crear el nuestro! Con todas las ideas que tenemos, las direcciones de la gente, las fechas de los concursos, el lugar donde se guardan los adornos... ¡Un libro que nos ayude a preparar la Navidad!

–¡Recontrarrenos! ¡Es una idea genial, Ada! –exclama Cleo.

–Y eso no es todo...

Pero, antes de que Ada pueda terminar la frase, el reno cartero se desmaya.

8
diciembre

PASTELERÍA CAFETERÍA
Abierto

La lista de sospechosos

–¿Daloween ya está mejor? –pregunta Guille–. ¡Menudo susto nos pegó ayer!

–¡Sí! –contesta Cleo–. Solo estaba agotado. ¡Por suerte, tus minimagdalenas de arándanos le han devuelto las fuerzas, Guille!

El día anterior, los cuatro amigos estuvieron tan ocupados cuidando al reno cartero que no tuvieron tiempo para retomar su conversación.

–Entonces, Ada, ¿cuál es el plan? –pregunta Mario.

–Mañana, con nuestro nuevo libro mágico, pondremos en marcha la Navidad. ¡Les hemos dicho a todos que vayan a la cabaña de las maravillas! Y, en cuanto a nuestra investigación, creo que deberíamos hacer una lista de sospechosos.

—Así es —asiente Cleo—. Hay que apuntar el nombre de todas las personas de quienes sospechamos y su móvil.

—¿Su móvil? —repite Guille.

—Sí —continúa Mario—: ¡el motivo por el que querrían hechizar a Papá Joel y arruinar la Navidad!

Ada coge su libreta y empieza a escribir.

—Número 1: la señora Gramátiquez.

—¡Imposible! —exclama Guille, indignado.

—¡Ya! Pero, desde que no está, todo se ha ido al garete! —le responde Ada.

—Pero ¿cuál sería su «móvil», como dice Cleo? —insiste el niño.

—¿Tal vez quiere reemplazar a la hermana de Papá Joel en el puesto de directora? —especula Mario.

—¡Es un poquito rebuscado! —reacciona Cleo.

–Quizás, pero no hay que descartar a nadie –insiste Ada–. También he pensado en Clementina... Suele decir que no le gusta la Navidad porque se acuerda de cuando murió su perrito, Cruasancho.

–Ay, sí, es verdad... ¿Y Hércules? –sugiere Mario.

–¿El herrador de los renos? –pregunta Cleo–. ¡Pues sí, por qué no! ¡Todos los años se queja de que en diciembre tiene muchísimo trabajo!

–Al igual que Violeta, de hecho, la mujer que sabe hacer de todo –añade Guille.

–¡Os recuerdo que todavía no hemos apuntado al sospechoso más obvio! –exclama Cleo, sorprendida.

–¿Te refieres a Ataúlfo? –intuye Ada.

–¡Efectivamente!

–Además de la pista de la nota, hay que añadir que está muy solicitado cuando se acerca la Navidad. El año pasado, amenazó a Papá Joel con pararlo todo...

Todos asienten.

–Y hay alguien más... –añade Mario.

–¿En quién estás pensando? –pregunta Guille.

–En Berto Chicote...

–¿Y por qué? –se extraña Ada.

–Ah, por nada... Solo porque es mala persona y odia todo lo que da alegría –responde irónico Guille.

–Pues sí, es una buena razón –aprueba Cleo.

Los amigos echan un vistazo a la lista y comprueban que es más bien escasa:

Señora Gramátiquez	Quiere ser la directora.
Clementina	Le pone triste la Navidad.
Hércules	Tiene muchísimo trabajo en Navidad.

Violeta	Trabaja un montón en diciembre.
Ataúlfo	Muy solicitado. + Amenazó a Papá Joel con pararlo todo.
Berto Chicote	Es (muy) mala persona.

–En serio, amigos, esto no va a ser fácil... –declara Cleo.

9
diciembre

PASTELERÍA CAFETERÍA
Abierto

Pedazo de... ¡adultos!

–¡Espero que venga mucha gente! –exclama Mario.

Hoy, los niños están esperando a los habitantes del pueblo, a quienes han citado en la cabaña de las maravillas. Guille ha hecho unas galletas con forma de muñeco, que ha decorado con fideos de azúcar de colores. Cleo se ha prendido en el abrigo sus mejores chapas navideñas: «La Navidad es vida», «Viva la magia de la Navidad» y «Deja mi Navidad en paz». Ada ha colocado unas velitas en la entrada de la cabaña. Y, en cuanto a Mario, ¡él se dedica a vigilar!

—¿Habéis avisado a vuestros padres? —pregunta Cleo a sus tres amigos.

Todos asienten con la cabeza.

—¿Y van a venir? —continúa.

Seis hombros se encogen a la vez expresando duda. Por más que Cleo, Ada, Guille y Mario han metido caña a sus familias, no los han ayudado demasiado.

—¡Ya es hora de que todo el mundo sea consciente del peligro que se cierne sobre Jutelandmökk! —declara muy serio Guille levantando el puño.

Sus amigos se echan a reír.

Para que los adultos se ablanden, los niños han traído a Daloween, a su hermano Dochebuena y a la cría de este, Danvalentín. Todos ellos llevan guirnaldas y unas bonitas mantas doradas.

Por fin empiezan a llegar los adultos: los padres de Mario y los de Guille, Violeta y también Hércules y Clementina.

–¡Yo me encargo de tus padres, Mario! –dice Cleo guiñando un ojo.

–¡Y yo de los de Guille! –añade Ada.

–Sí, vamos a separarnos para hablar con todo el mundo –responde Guille.

Cada uno elige a un grupito para repartir golosinas mientras menciona todos los problemas de Jutelandmökk.

–¿Os habéis fijado? –pregunta Guille–. ¡Es la primera vez que no ha nevado el 30 de noviembre a medianoche!

–¿Habéis visto que el color de las casas está desapareciendo? –insiste Ada.

–¡Por las cerdas de un jabalí y las astas de un reno! –exclama Cleo–. ¡Os necesitamos para que el mes de diciembre vuelva a la vida!

–¡Si yo me he puesto los calcetines navideños, cualquiera puede hacerlo! –declara Mario.

–¡Vale, vale! –contesta Mauricio, el papá de Guille–. ¡Os prometo que me pondré mi chaleco rojo!

–¡Y yo, mi chaqueta de lentejuelas doradas! –replica Lina, la mamá de Guille.

–¡Yo me encargo de hacer rollitos de canela cada día durante el mes de diciembre! –asegura Clementina.

Ada, Cleo, Guille y Mario sonríen, asienten y esperan más reacciones... que no llegan.

A los amigos no les queda más remedio que rendirse a la evidencia: los adultos son... ¡muy adultos!

Mientras tanto, Mario ha estado haciendo fotos, pues está convencido de que serán un bonito recuerdo. De pronto, se queda sin respiración. Suelta la cámara y corre junto a sus amigos.

–¡Mirad quién está aquí! –les dice señalando hacia la gente.

Ada, Cleo y Guille ven entonces a Ataúlfo, que se esconde tras Hércules.

–¡Repámpanos resplandecientes! –estalla Cleo–. ¡Nuestro sospechoso más sospechoso! ¡Seamos discretos y sigámosle!

Los cuatro se ponen en marcha, sumidos en un silencio inquietante.

Pero no ven que, un poco más lejos, hay otro intruso que observa la escena oculto tras un abeto: el terrible Berto Chicote.

10
diciembre

PASTELERÍA CAFETERÍA
Abierto

Bailes, escritos y enigmas

Anoche, tras multitud de peripecias, Ada, Mario, Cleo y Guille se fueron a dormir exhaustos y muertos de frío. No lograron descubrir adónde se dirigía Ataúlfo, que les dio esquinazo a la entrada del bosque.

En definitiva, su investigación no ha tenido ningún avance y, en la incertidumbre más absoluta, ahora van a reunirse con todos los niños de Jutelandmökk en la cabaña de las maravillas.

Cuando los ven llegar, les invade un sentimiento extraño. Por un lado, están contentos, pues los niños llevan puesta la ropa navideña. Pero, por otro lado, están preocupados...

–¡Hola a todos! –dice Ada–. Vamos a...

De repente, la música inunda la sala. Es Mario, que ha cogido sus altavoces. Al instante, todos los niños empiezan a sonreír, a seguir el ritmo con los pies y a dar palmadas. Han reconocido la melodía: ¡el famoso baile de Navidad!

–¡Chicos, creo que echamos de menos la magia de la Navidad! –dice Guille–. ¡Venga, a divertirse!

–Pero... –contesta Ada– ¡tenemos que hacer una investigación, devolver la vida a nuestro pueblo y elaborar un plan!

Mario la coge de la mano y la lleva hasta la improvisada pista de baile.

–Sí, sí, lo haremos, ¡pero ahora toca bailar!

–Pero ¿qué pasa aquí? –bromea Cleo junto a ellos–. ¿Quién se ha llevado a nuestro amigo el gruñón?

Y, durante las dos horas siguientes, bajo la mirada de los adultos, Mario, Ada, Cleo, Guille, Tomás, Dalila, Penélope, Carla, Cosme, Gaspar... ¡TODOS los niños de Jutelandmökk se lo pasan pipa como si tal cosa!

Cuando paran para merendar, Ada anima al resto de niños:

–Mirad, como Papá Joel está enfermo y los adultos no mueven un dedo, vamos a escribir nosotros el pregón de la Navidad en su lugar. ¡Al lío!

–Queridos padres, ante la grave situación que... –propone un niño.

–¡Eso es demasiado serio! –responde otro.

–¡Papá! ¡Mamá! ¡Porfa, porfa, porfa! –sugiere Guille.

–Eso es demasiado triste –le corta Penélope.

–¡No seáis unos pasotas roñosos y a trabajar! –exclama Mario.

–¡Eso es demasiado autoritario! –clama Dalila.

Y así sucesivamente, hasta que dan con el pregón adecuado, ese que, por fin, les permitirá poner en marcha las fiestas navideñas en Jutelandmökk.

Todos lo firman con su mejor letra antes de ir a sentarse para ver unos dibujos animados de Navidad.

Después, los niños se echan una breve siesta, pegados unos contra otros y felices de haber compartido ese momento. Guille y Cleo, en cambio, charlan en un rincón.

–¡Por mil pipas talladas! –reflexiona Cleo–. No sé qué es, pero hay algo que me huele mal. Algo que tenemos delante de las narices, que no hemos visto, pero que puede ayudarnos... Aaaagh... ¿Entiendes lo que quiero decir, Guille?

Cleo oye un ronquido como respuesta.

De repente, lanza un grito que despierta a sus amigos.

–¡Recontracarámbanos! ¡Ya lo sé!

–¿De qué estás hablando? –balbucea Mario, medio dormido.

La niña coge el pregón que Ada guarda en el bolsillo y se lo pone delante de los ojos.

–Fijaos en las firmas. ¿No veis nada extraño?

–Esa firma... ¡tiene la misma letra que la nota y que la banderola! –exclama Mario.

–¡Es la del culpable! –resuelve Cleo–. ¡Y está entre nosotros!

11
diciembre

PASTELERÍA CAFETERÍA
Abierto

¡El gran Pipe!

¡Hoy, todos los adultos están aquí! ¿Por qué? ¡Porque es el Día del Castor!

Cada año, los habitantes de Jutelandmökk se reúnen para ayudar al castor Pipe a organizar sus reservas para el invierno. Cada 11 de diciembre, Pipe se mezcla entre los lugareños del pueblo y aprovecha para recoger la corteza que le alimentará durante todo el invierno, ¡pero también para organizar el concurso de madera tallada y participar como jurado! Los vecinos tienen que esculpir adornos de madera, y él elige al mejor.

Por raro que parezca, ningún adulto se pierde esta tradición. Nadie parece inmutarse porque no haya nieve, porque las casas palidezcan o porque Papá Joel no dé señales de vida, ¡pero ni de broma faltarían el Día del Castor!

Sin embargo, hay una familia que brilla por su ausencia: ¡los Chicote!

Después de lo que descubrieron ayer, Cleo, Ada, Guille y Mario todavía no han podido interrogar a Gaspar Chicote, el hijo de Berto. Es quien parece haber escrito la pancarta y la nota que encontraron en lugar del libro de Navidad: ¡han reconocido su firma entre la del resto de niños!

–No le quitéis ojo a la gente –declara Cleo–. ¡Puede que estén por ahí!

–No lo creo –contesta Mario.

–¡Vamos a concentrarnos ahora en nuestro libro de Navidad y en la tradición del 11 de diciembre, y luego ya vemos! –dice Ada.

–¿Os habéis fijado? –pregunta Guille–. ¡Mis padres, los de Cleo y los de Tomás han hecho el esfuerzo de ponerse la ropa navideña!

No les da tiempo a seguir hablando, pues Violeta anuncia el comienzo de la fiesta.

–Señoras y señores, ¡el gran concurso de tallar madera va a empezar! ¡Pónganse sus pantallas protectoras, sitúense frente a su tronco y esperen a que Pipe dé la salida!

A Cleo, Ada, Guille y Mario apenas les da tiempo a ponerse la protección en los ojos cuando Pipe sube a la tribuna.

Se hace el silencio y, tras un breve recordatorio de las reglas, el castor suelta un largo y agudo pitido que marca el comienzo de la competición.

Todos empiezan a tallar el tronco siguiendo los consejos del castor, que se pasea entre los concursantes mientras toma notas. Como permanece impasible, es muy difícil saber quién va a ganar: todo el mundo tiene posibilidades.

–Pipe, ¿crees que podría añadir un unicornio pequeñín, un delfín o una libélula en la base de mi portavelas? –pregunta Cleo muy seria.

Pipe no contesta, pero se rasca la pata derecha asintiendo con la cabeza, lo cual provoca las carcajadas de Guille, Ada y Mario.

–¿Qué pasa? –se sorprende Cleo–. ¿Os parece demasiado?

Aunque se están divirtiendo, nuestros investigadores no se olvidan de su objetivo: encontrar a Gaspar y vigilar a Ataúlfo.

En cualquier caso, el alegre guirigay devuelve la vida al pueblo. Hércules se queja porque tiene la espalda machacada; Clementina reparte unos rollitos que no le han salido muy bien, pero da igual; Violeta se ha convertido en una adversaria dura de pelar...

Al final, Pipe proclama al ganador de este año: ¡Hércules! El hombre ha esculpido un precioso joyero. El castor les muestra a todos la obra maestra y, de repente, ¡una flecha surge de la nada y se clava en la cajita!

12 diciembre

PASTELERÍA CAFETERÍA
Abierto

¡Que hablen los pregoneros!

Por más que buscaron, nadie encontró a la persona que había disparado la flecha.

¿Quién sería capaz de hacer algo tan horrible? ¿En serio podría tratarse de Gaspar Chicote? Tendría su lógica, ya que es el presunto autor de la banderola y de la nota.

¡Va a tener que dar explicaciones! ¡Y rápido!

–¿A qué esperamos para ir a su casa? –pregunta Cleo, impaciente–. Todas las pistas apuntan a Gaspar, ¿no?

—Sí —responde Ada asintiendo con la cabeza—, pero hoy es el pregón oficial de la Navidad. ¡No podemos descuidar nuestra misión!

Y, al mismo tiempo que apunta en el libro de Navidad un resumen de los últimos acontecimientos, añade:

—Iremos a casa de Gaspar después.

Mario ya está de camino al campanario del pueblo para tocar la campana. Mientras tanto, los niños se han aprendido las tablas de multiplicar del dos y del tres y han revisado los verbos de la primera conjugación. ¡Si quieren que los adultos los ayuden, deben estar a la altura! Y, como la señora Gramátiquez sigue misteriosamente enferma, tienen que seguir repasando en casa.

Por cierto, hablando de misterios...

—¿Gaspar Chicote ha dado señales de vida? —pregunta Ada mientras observa a la gente que llega a la plaza.

—No, y eso huele mal —contesta Mario.

Como ve que la muchedumbre se impacienta, Ada monta a lomos de Daloween y comienza a dar el pregón que han escrito todos los niños de Jutelandmökk. Guille es quien lo concluye:

–¡Señoras y señores, esperamos que con este pregón les hayan entrado ganas de vivir la Navidad con nosotros, de participar en las fiestas y de mover sus adultas posaderas! ¡Los necesitamos! –Toma aire y continúa–: ¡Los niños de Jutelandmökk anunciamos la inauguración oficial de la temporada navideña!

–¡Bien dicho! –grita una voz adulta.

–¡Estamos con vosotros! –responde otra.

Se nota la emoción en el ambiente. Mario hace un montón de fotos de recuerdo que podrá meter en el nuevo libro mágico.

Cleo refunfuña al margen:

–¡Ahora no hay tiempo de soltar la lagrimita, panda de patatas asadas! –murmura–. ¡Hay que pasar a la acción!

La niña quería haberlo dicho en voz baja, pero no ha sido así. Se hace un silencio sepulcral y todos la miran. De pronto, una carcajada general se desata entre los congregados.

–¡Ese es el espíritu navideño! –exclama Guille, maravillado, mientras coge de la mano a Esmeralda, a quien también se le humedecen los ojos.

–¡Os ayudaremos! –grita Hércules alzando el puño.

Y, en ese momento, todos repiten el «Viva la Navidad» que lanza Guille. Es un grito de alegría que resuena en todo el pueblo.

¡Por fin habrá Navidad en Jutelandmökk!

Pero, de repente, los acontecimientos se escapan a su control.

«Recontracarámbanos», como diría Cleo.

Mario hace un gesto brusco que asusta a Daloween, que sale al galope y empuja a Ada, que cae encima de las rodillas de Esmeralda, al tiempo que Mario sale pitando hacia la gente acompañado por Guille, que no entiende nada, pero le sigue agitando los brazos y gritando: «¡Espérameeeeee!».

Todo bajo los ojos estupefactos de Cleo.

–¡Por mil galletitas de canela! ¿Qué está pasando aquí?

Mario, que no para de correr, señala a una persona con el dedo y grita:

–¡Detenedlo!

13
diciembre

PASTELERÍA CAFETERÍA
Abierto

Un ambiente tormentoso

–¡No me lo puedo creer! –exclama sorprendida Ada.

Ayer, Cleo, Ada, Mario y Guille tuvieron la inmensa alegría de dar el pregón de Navidad junto a los niños del pueblo. Pero, sobre todo, consiguieron atrapar a un sospechoso.

–¡Menudo follón que montamos! –ríe Cleo–. ¡Pero lo hemos *pillao*, bacalao!

Así es: al final, la pandilla pudo atrapar a Gaspar Chicote, el autor de la banderola y de la nota. Sin embargo, no pudieron interrogarlo porque sus padres les ordenaron que se fueran a dormir. ¡Qué mala pata!

Gaspar, abochornado, les prometió que les explicaría todo. Y por fin se ha decidido:

–Perdón, amigos. Debería haberos contado que mi padre me pidió que escribiera esos mensajes en su lugar. No sabía que estaba planeando algo tan malvado. ¡Lo siento mucho, de verdad!

–Pero, entonces, ¿por qué trataste de huir? –pregunta Mario, receloso.

–Me daba muchísima vergüenza, no sabía cómo decíroslo. Me encantó participar en el pregón, ver una peli con vosotros, bailar, reír... En mi casa nunca hacemos esas cosas.

–¿Y podrías darnos más detalles de lo que está preparando Berto Chicote, quiero decir, tu padre? –pregunta Cleo.

–Pues la verdad es que no... –responde, encogiéndose de hombros.

–¿Sabes si tiene algún cómplice? –insiste Ada.

–¡Por ejemplo, Ataúlfo! –exclama Guille.

Gaspar vuelve a encogerse de hombros.

–Zanjemos el asunto de una vez por todas –continúa Ada cuando llegan frente a su casa–. ¡Vamos a inspeccionar el taller de tu padre para intentar dar con *El libro mágico de la Navidad* o alguna pista de lo que está tramando!

Y, con la mirada puesta en su libreta, añade:

–Creo que podemos tachar a la señora Gramátiquez, a Clementina, a Hércules y a Violeta de la lista de sospechosos.

–Entonces, solo nos quedan Ataúlfo y Berto Chicote... –susurra Guille.

Se adentran en un cobertizo grande y oscuro: el taller de Berto Chicote, el hombre más extraño de Jutelandmökk.

Unas marionetas penden del techo y hay herramientas tiradas por todas partes. Los niños empiezan a rebuscar sin éxito, lo cual irrita a Mario.

Guille, por su parte, echa mano a un libro de recetas de Navidad. Cuando empieza a hojearlo, llama a sus amigos:

–¡Eh, mirad lo que he encontrado! –exclama mientras les muestra una página cualquiera.

–«Cómo provocar una tormenta de nieve» –lee Cleo–. ¡Pues sí que es raro este libro de recetas!

Al pasar las páginas, enseguida se dan cuenta de que, en realidad, ¡se trata de un libro de hechizos! Le quitan la falsa cubierta y descubren que su título real es *El libro espeluznante de la Navidad*. «Cómo hacer que desaparezcan los regalos», «Cómo hacer que crezca un elfo» o «Cómo cambiar objetos de sitio» son el tipo de recetas que encuentran allí. ¡Y lo más importante es un hechizo titulado «Cómo arruinar la Navidad», con el antídoto apuntado al lado!

–¡Aquí se explica todo! –chilla Ada–. ¡Berto Chicote ha hechizado a Papá Joel! ¡Vamos ahora mismo a su casa para enseñarle el antídoto a Esmeralda!

Mario, sumido en sus pensamientos, murmura para sí mismo uno de los hechizos:

–«Por el fuego y el hielo, mezcla de gozo y cenagal, que durante toda la noche caiga la nieve sin parar».

Mira por la ventana.

–No parece que funcione...

–¡Mirad! –grita Guille, señalando con el dedo hacia la ventana.

De pronto, se ha hecho de noche. Todos se levantan de un salto y, juntos, abren la puerta. Un viento glacial se cuela de inmediato en el taller de Berto Chicote y se desencadena una tormenta de nieve.

14
diciembre

PASTELERÍA CAFETERÍA
Abierto

Confesiones al calor de la chimenea

La tormenta ha obligado a la pandilla a refugiarse en casa de Hércules, que vive justo al lado. Por el camino se han topado con Clementina, a quien la tormenta ha pillado de lleno. Tras comerse unas albóndigas y después de enviar un mensaje a sus padres gracias a la lechuza Sofía (la ayudante cartera de Daloween), los niños se han quedado fritos.

Hércules ya ha encendido la chimenea cuando se despiertan, muy temprano, y se disponen a disfrutar del delicioso desayuno que ha preparado Clementina.

—¡*Echtá bueníchimo*! —se relame Guille—. ¡*Echto ech* el *paraícho*!

Clementina se ríe y les comenta:

—¡No entiendo nada! ¡Desde que el otro día disteis el pregón, mis rollitos de canela vuelven a estar ricos! ¡Como por arte de magia!

—¡Por el veneno de un caracol peludo! —exclama Cleo—. ¿Será que está volviendo algo de la magia de la Navidad?

—¿De qué estáis hablando? —les pregunta Hércules, que no sabe qué pasa.

—¡Todo empezó el 1 de diciembre, cuando vimos que no había nevado! Y, además, vimos al médico entrando en casa de Papá Joel...

—¡Y, luego, a Clementina le salieron mal los rollitos! Ahí nos dimos cuenta de que pasaba algo grave.

—¡Fue la gota que colmó el vaso de la tragedia! —añade Cleo.

—¡Sin hablar de timbres desafinados, casas descoloridas y un Daloween de lo más desorientado! —añade Ada.

—Para resumir —interviene Mario—: hemos descubierto que Papá Joel no está enfermo, sino hechizado, y que Gaspar Chicote estaba metido en el ajo.

—¡Vaya, que el culpable es su padre! —corrige Ada.

—¡Y Ataúlfo quizás también! —precisa Cleo.

—Para resumir —vuelve a decir Mario—: hemos encontrado el libro de hechizos de Berto Chicote, así que podremos ayudar a Papá Joel, pero hay que andarse con cuidado... ¡Son unos hechizos superpotentes! Ayer, susurré el hechizo «Cómo provocar una tormenta de nieve», y ya habéis visto el resultado...

Ante el silencio sepulcral a su alrededor, Mario deja de hablar. Todos le miran.

–Uy.... Ah... No sabíais que la tormenta había sido cosa mía... Glups.

–A ver, no lo he entendido todo, pero Clementina y yo os vamos a ayudar –interviene por fin Hércules–. ¡Así la gente dejará de decir que no nos gusta la Navidad!

–¡Pero si NO os gusta la Navidad! –exclama Ada.

–¡Pues claro que sí! –contesta Clementina–. Nos encanta la Navidad, pero nunca tenemos tiempo para ayudar a Papá Joel como a él le gustaría. De hecho, ¿quién le ayuda normalmente?

–Eh... –balbucea Guille.

–Yo no –murmura Ada.

–Ni yo tampoco –responden al unísono Cleo y Mario.

–¿Veis? –continúa Clementina–. ¡Nadie!

–¡Es cierto! –salta Guille–. Papá Joel lo suele hacer TODO, y a la gente le parece estupendo. ¡Pero eso tiene que cambiar ya! –exclama con el puño en alto–. Juntos haremos que regrese el espíritu de la Navidad.

–¡Un momento! Mañana es el gran concurso de chocolate a la taza –recuerda Clementina–. No vamos a poder ocuparnos del hechizo...

Justo entonces, unos golpetazos en la puerta los interrumpen. Dentro de una caja que han dejado en el umbral, encuentran un objeto hecho añicos.

–¡Nooooooooooo! –chilla Guille–. ¡Es el premio del concurso al mejor chocolate!

–¿La taza que hereda el ganador año tras año? –pregunta Mario.

–¡Y eso no es lo peor! –grita Cleo–. Aquí hay una nota que dice: «Me pirra arruinar la Navidad».

15
diciembre

PASTELERÍA CAFETERÍA
Abierto

¡El chocolate está que arde!

–¡Olvidémonos hoy de Berto Chicote y vamos a pasarlo bien, amigos! –declara Guille.

–¡Bien dicho! –asiente Cleo–. ¡Hoy es el gran concurso de chocolate a la taza, ni más ni menos!

Gracias a la tormenta de nieve que provocó Mario, un manto blanco cubre las casas de Jutelandmökk y el lago helado brilla bajo el sol. Mil lucecitas hacen centellear el abeto de la plaza mayor, todas las guirnaldas están puestas y la música se oye en todo el pueblo.

–Amigos, creo que voy a llorar... –murmura Guille al ver tanta alegría a su alrededor.

—¡No pongas esa cara, Guillermito! —le consuela Cleo—. ¡Hay buen rollo, nieve y, muy pronto, habrá un chocolate riquísimo! ¡La vida es bella!

Cuando ya está todo el mundo en la plaza cubierta de blanco, Violeta da el pistoletazo de salida al concurso:

¡Niñas y niños! ¡Señoras y señores!
¡Ya llegó la hora!
¡Que empiece la fiesta! ¡Adelante, golosos!
¡Que la creatividad no caiga en saco roto
y traiga el chocolate que nos enamora!

Como respuesta, se oyen gritos de alegría.

Los concursantes, cada uno en su puesto, se afanan para dar el último retoque a sus exquisitas recetas. Ada, Guille, Mario y Cleo, acompañados por sus padres, recorren los tenderetes para catarlas todas.

Hay chocolate con sabor a canela, con pepitas de caramelo o incluso con nubecitas, con una montaña de nata montada y con coberturas multicolores. ¡Y hasta con regaliz! ¡Ñam, ñam!

Y, para elegir al ganador, también hay que degustar los chocolates más raros: con mostaza («¡Puaj!», ha dicho la hermana de Mario), con pepinillos («¡Puaj!», exclamó la madre de Cleo) o con trocitos de calabaza confitada («Ñam... ¡Qué original es este!», ha dicho Mauricio, el padre de Guille).

–¡Daloween! –chilla Cleo, muerta de risa–. ¡Deja de lamer el fondo de las tazas! ¡Luego te va a doler la tripa!

En ese momento, Violeta hace sonar la campana final.

–¡Llegó el momento tan esperado de los resultados! Un año más, nos habéis hecho disfrutar, pero solo uno puede ganar. Estos son los puntos otorgados...

Chocolate a la taza con sabor a canela: 16 puntos.
Chocolate a la taza con nubecitas y nata montada: 22 puntos.
Chocolate a la taza con pepitas de caramelo: 13 puntos.
Chocolate a la taza con sabor a regaliz: 15 puntos.
Chocolate a la taza con sabor a mostaza: 1 punto.

–¿Quién narices habrá votado a eso? –se pregunta Cleo con una mueca de asco.

Chocolate a la taza con pepinillos: 0 puntos.
Chocolate a la taza con calabaza confitada: 28 puntos.

–¡Ya decía yo que ese estaba muy rico! –afirma Mauricio, satisfecho.

¡El premio de este año al mejor chocolate a la taza se lo lleva la yaya Hugolina! Mario, que sigue siendo el fotógrafo oficial de este mes de diciembre tan loco, acribilla a fotos a la campeona. Guille, por su parte, apunta la receta. ¡Quedará genial en el libro mágico!

–¡Aunque no hayamos encontrado el auténtico libro mágico ni liberado a Papá Joel, hemos podido salvar un poco la Navidad!

–De momento... –contesta el aguafiestas de Mario.

Luego, recoge nieve del suelo a toda mecha y le tira una bola a Ada, que le contraataca de inmediato.

–¡¡¡Al ataque!!!

Los amigos empiezan a arremeter unos contra otros, y retumban los gritos y la música.

Pero nadie se fija en Guille, que sale corriendo a toda prisa...

16
diciembre

PASTELERÍA CAFETERÍA
Abierto

¡No somos unos cebollinos!

Cuando Ada, Mario y Cleo se dieron cuenta de que Guille había desaparecido, quisieron salir a buscarlo. Sin embargo, sus padres fueron tajantes: ¡era hora de irse a la cama!

Por eso, esta mañana han decidido ir directamente a casa de su amigo.

Una vez delante de la puerta, se han puesto nerviosos: a Ada se le ha enredado el pelo de tanto toquetearlo, a Mario le rechinan los dientes y Cleo está muy callada, algo que nunca sucede.

Como nadie les abre, Mario se atreve a decir lo que todos están pensando:

—¿Y si Berto Chicote lo ha secuestrado?

Ada llama al timbre por segunda vez y luego por tercera. Nada.

—¡Boñigas de reno ahumadas! —murmura Cleo—. ¡Hemos puesto en peligro a nuestro amigo!

—¡Dejadlo ya! —responde Ada, molesta, con el dedo clavado en el timbre.

Por fin, la puerta se abre y sale Guille, frotándose los ojos, seguido de Gargantúa, su perrito, que va disfrazado de elfo.

–¿Qué haces aquí? –le pregunta Mario.

–Bueno, vivo aquí...

–¡Por los pelos de una llama! –exclama Cleo–. ¡Estábamos asustados! ¡Creíamos que Berto Chicote te había secuestrado!

Entonces Guille les cuenta lo que sucedió.

–No me dio tiempo a avisaros, pero es que mi padre me dijo que había quedado con Ataúlfo ¡y pensé que era una oportunidad para vigilarlo! Esperaba que él mismo se delatara. ¡Al fin y al cabo, seguimos sin saber si Berto Chicote ha actuado solo o con Ataúlfo!

–¡Tuviste una idea genial! –contesta Mario–. Es verdad que sospechábamos de él. A fin de cuentas, siempre nos llama «cebollinos» y odia la Navidad.

–¿Y bien? ¿Te enteraste de algo? –quiere saber Ada, impaciente.

–Pues no de mucho... Pero no creo que Ataúlfo sea el culpable.

–¿Por qué? –pregunta Mario.

–Los seguí y me escondí para espiarlos. Mi padre le sirvió aguamiel de canela y, vaya, ¡creo que a Ataúlfo le gusta la Navidad! Dijo que echaba de menos los rollitos de canela de Clementina y que había pasado mucho tiempo practicando las esculturas de madera. Incluso había empezado a montar un belén a tamaño real en su taller, y después...

Se oye un fuerte «¡Achís!». Guille se sorbe los mocos y termina de hablar:

–Y, al final, Ataúlfo le preguntó a mi padre si había visto a Papá Joel, porque estaba muy preocupado.

–Eso no prueba nada. Podría estar fingiendo –interviene Mario.

–No lo creo –le responde Guille.

Sus amigos asienten con la cabeza, muy serios.

–¡Bacaladas saladas! ¡Te has enterado de un montón de cosas! –exclama Cleo.

–Es verdad –responde Ada con una sonrisa–. ¡Esto marcha! Entonces, podemos quitar a Ataúlfo de la lista de sospechosos, ¿verdad?

Sus amigos están de acuerdo, y ella tacha el nombre del ayudante de Papá Joel. Solo queda Berto Chicote...

–¡Venga, manos a la obra! –dice a continuación–. Os recuerdo que tenemos un antídoto que preparar para salvar a Papá Joel.

Ada empieza a leer en voz alta:

–«Tres pelos blancos de reno, un pétalo de eléboro violeta, dos plumas de lechuza, un mechón del amor del he...».

Entonces, se para en seco.

–¿Y? –pregunta Guille–. ¿Qué pasa?

–¡Estamos perdidos! ¡Han borrado el resto de la fórmula!

17
diciembre

PASTELERÍA CAFETERÍA
Abierto

¡Necesitamos la fórmula!

Ayer, los amigos se separaron con el corazón en un puño. Hoy tienen previsto verse en casa de Clementina para tratar de recomponer el antídoto. Una vez allí, Mario saca el libro de Berto Chicote.

–¡A ver, dime qué lleva!

–Es facilísimo –les interrumpe Clementina–. Se hace con mantequilla y harina. Yo pongo la integral, lo que le da un resultado un poquito diferente...

–Esto… –contesta Ada con vergüenza–. Perdona, Clementina, pero estamos hablando de lo que lleva la fórmula para salvar a Papá Joel.

–¡Ups! –exclama, roja como un tomate–. ¡No he dicho nada!

Mario se pone a leer en voz alta:

–«En la cueva de las nieves, juntos, todo deberéis mez… Toda la noche, la poción debe repo… De un trago, el brebaje se ha de tra…».

–A ver –suelta Ada–, es fácil: «En la cueva de las nieves, juntos, todo deberéis **mezclar**. Toda la noche, la poción debe **reposar**. De un trago, el brebaje se ha de **tragar**».

–Muy bien –dice Guille acariciando a Gargantúa–, pero ¿cuál es el último ingrediente, que está borrado?

Todos se quedan mirando la página y esa última frase misteriosa: «un mechón del amor del he…».

–¿Un mechón del amor del herrador? –prueba Mario.

–¿Del héroe? –sugiere Cleo con una sonrisa.

–¿Del hermano? –propone Guille.

Se hace el silencio y, de pronto, Cleo se levanta de un salto. El gorro le cae sobre los ojos y exclama:

–¡Patatas asadas! ¡Ya lo tengo! Estoy segura de que es «un mechón del amor del hechizado». ¡Vaya, un mechón de Esmeralda!

–¡Pues claro! –reacciona Ada, dándose una palmada en la frente–. Recapitulemos: necesitamos dos plumas de lechuza, tres pelos blancos de reno (¡esto será fácil gracias a Daloween!), un mechón de Esmeralda y un pétalo de eléboro violeta.

Su entusiasmo se enfría de inmediato. ¿Cómo van a encontrar todo eso?

–¿Qué tipo de flor es un eléboro? –pregunta Mario.

–¿De dónde vamos a sacar las plumas de lechuza, teniendo en cuenta que Sofía está de vacaciones? –continúa Guille.

En ese momento, Clementina y Hércules, que no estaban lejos, se unen a ellos.

–¡Si queréis, nosotros nos encargamos de las plumas de lechuza! Sofía anida al lado de mi casa –declara Hércules.

–¡Estupendo! –asiente Ada–. ¡Y nosotros iremos a la biblioteca!

–¿A la biblioteca? ¿A qué? –pregunta Guille–. ¿Piensas encontrar allí el *elémoro*? ¿Acaso crece entre los libros?

–Eléboro, Guille. Y no, pero creo que encontraremos toda la información en la biblioteca de Jutelandmökk.

Se acaban de un trago el chocolate a la taza y se ponen en marcha.

En la biblioteca de Jutelandmökk hay libros muy especiales, como *Los mejores alimentos para castores desdentados*, *Cómo seguir el rastro de las crías de lechuza blanca mediante sus excrementos* o *Aprenda a cortar leña mientras come chocolate*.

Pero, cuando los niños llegan, se encuentran con la puerta cerrada. Hay un letrero en la entrada, y los cuatro amigos pegan un grito de sorpresa al leerlo.

18
diciembre

PASTELERÍA CAFETERÍA
Abierto

¡Simón da con la solución!

–¡Qué mala pata! –exclama Cleo pensando en su fallida expedición a la biblioteca–. ¡Cada vez que una cosa se resuelve, otra se tuerce!

–Es verdad. Esta investigación nos está dando muchos quebraderos de cabeza –continúa Ada.

–¿Eso qué significa? –susurra una vocecilla detrás de ella.

Si bien Cleo, Mario y Guille se aguantan la risa, no es en absoluto el caso de Ada.

–Escucha, microbio, he aceptado hacer de canguro porque la tata está enferma, pero ¿en qué habíamos quedado? –le pregunta a su hermano pequeño, Simón.

–En que tenía que agachar las orejas y no decir ni mu.

–Muy bien –sigue Ada–. Pues ahora estás hablando, y eso no es lo que habíamos dicho.

A sus cinco años, Simón hace el gesto de cerrarse la boca con una cremallera y después mete las manos en los bolsillos del plumas.

–Ya no digo ni pío, Aduchi.

Los niños sueltan una carcajada y, para desviar la atención, Ada alza la voz:

–Bueno, ¿dónde estábamos? ¡Guille, informa!

–Ya hemos identificado casi todos los ingredientes del antídoto. Hércules y Clementina se encargan de las plumas de lechuza; nosotros debemos pedirle un mechón a Esmeralda e ir a ver a Daloween. Solo nos queda saber qué es un *elémoro*.

–¡Eléboro, Guille! –se exaspera Mario–. A ver, ¿cómo lo hacemos? No sabemos qué es lo que estamos buscando, no tenemos tiempo para ir a preguntar a todo el pueblo, y han robado los libros...

–¡Y ya estamos a 18 de diciembre! –añade Guille–. ¡El tiempo se acaba!

Mientras la pandilla piensa qué hacer, Simón se distrae siguiendo a un pájaro. De pronto, vuelve junto a su hermana.

–Aduchi, me he encontrado esto en el suelo. ¿Qué es?

Ada le contesta sin mirar:

–Simón, ¿qué te he dicho sobre no decir ni mu?

–Espera, tiene razón: ¿qué es esto? –dice Guille mientras agarra el papel–. Parece un mapa: unas rayitas marcan los caminos y unos símbolos extraños indican los lugares.

–¡Bacaladas saladas! ¡Juraría que es un mapa del tesoro! –exclama Cleo.

Simón se echa a reír cuando escucha la interjección de Cleo.

–¡Y no de un tesoro cualquiera! –sigue Ada–. Mirad, tiene unos libros dibujados.

–Entonces –añade Guille–, ¿si lo desciframos, encontraremos los libros robados?

Mario coge el mapa y lo mira de arriba abajo.

–No lo entiendo. ¡Lo han dibujado de cualquier modo! Las rayitas parecen huellas de animales. ¡Es rarísimo!

Durante unos largos minutos, nadie abre la boca, pues a nadie se le ocurre nada que decir. ¡El mapa es absolutamente incomprensible!

De golpe, Simón se acerca al grupo y señala un lugar del mapa.

–¡Qué chuli es ese lago!

Ada está a punto de volver a echarlo cuando Mario exclama:

–¡Simón, eres un genio! ¡Ya sé dónde están los libros!

19
diciembre

PASTELERÍA CAFETERÍA
Abierto

La fiesta de los renos de las nieves

Mario ha conseguido descifrar el mapa y encontrar dónde están los libros que han robado de la biblioteca: ¡en la cabaña junto al lago! Eso es lo que significaban los símbolos (o eso cree).

Hoy han ido para allá a media tarde, después de hacer los deberes y dar esquinazo a sus padres.

–Venga, pillamos los libros, luego el eléboro, después a Daloween, más tarde a Esmeralda... ¡Y hecho! –dice Ada con retintín.

Según se acercan a la cabaña, oyen ruidos. Parece música mezclada con voces de animales, algo muy raro... Los niños echan a correr iluminando el camino con sus linternas.

–¡Toma ya! –exclama Guille.

–Pero ¿esto qué es? –suelta Mario.

–¡Por mil pipas talladas! –añade Cleo.

¡Delante de ellos aparecen cientos de renos que bailan y cantan! Unos están patinando en el lago, que por fin se congeló tras la tormenta de nieve; otros participan en un concurso de lanzar troncos...

Por todas partes hay hogueras, guirnaldas y velas. La choza de madera se ha convertido en un bar, donde los renos hacen cola.

–Amigos –susurra Guille–, ¿ese de ahí no es Daloween? –pregunta señalando la choza.

–Sí –confirma Mario–. ¡Creo que es él quien prepara las bebidas!

Los niños se acercan al reno cartero. Este, cuando los ve, berrea algo que Cleo traduce de inmediato.

–Nos ha dicho: «¡Bienvenidos a la fiesta de los renos de las nieves!». ¡Y nos invita a probar un cóctel!

Daloween tiende un libro a los niños.

Estos, aún estupefactos por lo que han descubierto y por ese ambiente tan animado, lo hojean. Ada reacciona enseguida:

–¡Fijaos en esto!

–Ah, sí –responde Guille–. ¡Yo también me tomaría un cóctel de pino salvaje y saúco escarchado! Podríamos poner la receta en nuestro libro mágico...

–¡No, chipirón! –responde Cleo, que ha entendido de qué se trata–. Mira la etiqueta: ¡es un libro de la biblioteca! Y hay más libros colgando de los árboles. ¿Estará aquí el que andamos buscando?

Efectivamente, allí es donde están los libros de la biblioteca, abiertos de par en par para mostrar sus hermosas ilustraciones. Daloween nota que los niños están observando los libros y vuelve a bramar. Cleo se lo traduce:

–¡Ah, vaaaaaaale! ¡Daloween dice que necesitaba esos libros para montar la decoración y para tener las recetas de estos cócteles tan guais! Y el mapa del tesoro era la invitación a la fiesta de los renos de las nieves –añade entre risas.

El reno les enseña dónde se encuentra el libro que están buscando: *Todo sobre las flores*.

–¡Equilicuá! –interviene Ada–. ¡Aquí está el eléboro!

Guille le echa un vistazo al dibujo de esa pequeña flor violeta.

—¿¿¿Qué??? ¿Es esta? ¡Pero si las hay a patadas en el camino que lleva a la choza!

Sus amigos, que no se han fijado en eso, le miran sorprendidos.

—¡Podéis llamarme «ojo de lince»! —añade Guille con orgullo.

Antes de salir en busca del eléboro, los niños piden permiso a Daloween para cortarle los tres dichosos pelos blancos, a lo que él acepta.

—¡Que lo paséis bien, renos de las nieves! —grita Cleo mientras se marchan.

Empiezan a recoger algunos pétalos de la flor que necesitan para el antídoto cuando, de repente, unos gritos resuenan en el bosque...

20
diciembre

PASTELERÍA CAFETERÍA
Abierto

¡Abracadabra!

¡Los gritos que se oían en el bosque los daban los padres de Ada, Guille, Mario y Cleo! Como estaban preocupados porque los niños no habían vuelto, habían salido todos juntos a buscarlos.

Sus padres les echaron una pequeña regañina. Por suerte, Ada, Guille, Mario y Cleo lograron convencerlos de que siguieran confiando en ellos. ¡Los adultos empezaban a entender lo importante que era la Navidad!

Y eso hoy les venía al pelo, pues debían preparar el antídoto.

–¡Por mil malvaviscos! ¿Nos ponemos con esa receta o qué? –pregunta Cleo.

Tras equiparse con unas linternas frontales, entran juntos en la cueva de las nieves.

–Venga, dejemos los ingredientes encima de esta piedra. Luego los mezclaremos en... –Ada mira a su alrededor–. ¿A nadie se le ha ocurrido traer un caldero, por casualidad?

–¡Sí, claro! ¡Siempre llevo un caldero en el bolsillo!

–¡Menos mal! –dice Guille.

–¡No, hombre! –ríe Cleo–. Está bromeando. ¡No tenemos ningún caldero!

–Bah, da igual –continúa Ada–. Lo podemos meter todo ahí –dice, señalando una piedra agujereada.

Pero, en el momento en que comienza a leer en voz alta la lista de los ingredientes, suelta un gritito:

–¡Recórcholis! –exclama la niña–. ¡Nos falta un ingrediente!

–¿Cuál? –pregunta Guille.

–¡El mechón de Esmeralda! –exclama Cleo–. ¡Nos hemos olvidado por completo de él!

–¡Aún nos da tiempo a ir a buscarlo! ¡Venga, démonos prisa! –dice Mario.

Nada más ponerse de pie, aparecen tres sombras gigantescas a la entrada de la cueva...

Y, cuanto más se acercan, más grandes parecen... Los niños se quedan petrificados.

–¡Oh, no! ¡Berto Chicote nos ha encontrado! –susurra Ada.

–¡O lo mismo son unos ogros! –exclama Guille.

—¿Qué hacemos? —pregunta Ada.

Guille coge un palo del suelo y lo empuña para proteger a sus amigos.

Pero, por suerte, ¡son Clementina, Hércules y Esmeralda! Los cuatro amigos sueltan un gran suspiro de alivio.

—Hola, niños —saluda Esmeralda como si nada—. Clementina y Hércules me han puesto al corriente de vuestra investigación. Creo que me necesitáis, ¿verdad?

La mujer les tiende un mechón de su cabello.

—¡Exacto! —contesta Mario—. ¡Muchas gracias, Esmeralda!

Mezclan los ingredientes en un pispás.

—Ahora solo nos queda esperar... —dice Ada.

—¡En cualquier caso, yo ya siento que la magia está en el aire! —responde Cleo con una sonrisa.

—¿Y eso? —pregunta Guille.

—Pues porque, desde que empezamos con nuestro plan, Ada se ha convertido en una superinvestigadora, Mario es menos gruñón ¡y tú, Guille, has demostrado muchísimo valor! Tengo la sensación de que ha pasado algo especial, ¿no?

Su amigo sonríe y añade:

–¡Y tú, Cleo, has sabido cómo rebajar la tensión y hacernos reír incluso cuando pensábamos que todo estaba perdido!

Todos esbozan una sonrisa.

Sin embargo, de golpe y porrazo, la poción empieza a borbotear.

Mario se inclina a mirar y murmura:

–Espero que funcio...

Una estruendosa explosión no le permite acabar la frase.

El mejunje empieza a dar vueltas, el improvisado caldero se tambalea y, de pronto, la cueva se llena de una espesa humareda negra.

21
diciembre

PASTELERÍA CAFETERÍA
Abierto

Un día muy especial

Los niños van de camino a casa de Papá Joel con el antídoto. La poción ha estado macerando toda la noche y, a pesar de la explosión, el brebaje parece perfectamente... bebible. Al llegar, se dan cuenta de que la casa está a oscuras. ¡Llaman una y otra vez al timbre, pero nadie contesta!

–Pero ¿dónde se habrán metido? –pregunta Mario, molesto.

–Ay, ay, ay –gimotea Guille–. Berto Chicote nos lo ha quitado todo: el libro mágico, la alegría navideña y, ahora, a Papá Joel...

—¡Recontrapámpanos! Vamos al pueblo, a ver si alguien lo ha visto...

En la plaza mayor, los niños se encuentran a los vecinos de Jutelandmökk cargando con enormes bloques de hielo.

—¿Qué pasa aquí? —pregunta Ada.

—¡Ostras! —exclama Guille, dándose una palmada en la frente—. ¡Hoy es el día del concurso de esculturas de hielo!

—¡Hemos estado tan liados con la pócima que se nos han olvidado las celebraciones de estos días! —continúa Mario—. ¡Y eso que me lo había apuntado todo!

—Pero ¿habéis visto? Todos han venido sin que Papá Joel les haya enviado las invitaciones, como hace siempre.

—Está pasando lo que Cleo decía ayer: la magia vuelve poco a poco... —continúa Guille.

Clementina, que se ha puesto unos guantes bien gruesos, se coloca las gafas protectoras.

Hércules se pone el traje. Gaspar examina su bloque de hielo. Víctor, el padre de Guille, se apresura a encender su minimotosierra y la yaya Hugolina reparte chocolate a la taza a todo el mundo. ¡Hasta Daloween está allí, posando para Hércules!

–¡Todo lo que hemos hecho para salvar la Navidad está funcionando! –exclama Mario.

Entonces se da cuenta de que está hablando solo y va al encuentro de Cleo.

–¿Qué te traes entre manos, Cleo?

–Ya lo ves, Mario: me pongo el traje.

–¿Para qué? –pregunta Guille.

–¡Pues para participar, chipirones! ¡No nos vamos a quedar ahí mirando cómo se divierten los demás! ¿Vivimos en Jutelandmökk, sí o no?

–¡Sí, vivimos en Jutelandmökk! –contestan riendo sus amigos.

Dicho y hecho: la pandilla está lista para esculpir estatuas de hielo.

¡Se da el pistoletazo de salida! ¡En medio de un alegre alboroto, el pueblo vuelve a la vida entre carcajadas y zumbidos de motor!

—¿Pero ese monstruo qué es? —pregunta Ada a Cleo al ver su escultura.

—¡Pues Papá Joel!

—¡Ups!

—¡Qué difícil es esto! —se queja Guille—. ¡Más aún que tallar la madera! Y pensar que mi padre ha ganado el concurso seis veces seguidas...

La yaya Hugolina hace un breve balance al final de la jornada.

Hay cuatro esculturas dedicadas al reno cartero: Daloween patinando, Daloween berreando, Daloween saltando y Daloween entregando el correo.

También hay dos árboles, una silla, un rollito de canela gigante (¡sí, ese es de Clementina!) y otras cosas algo más difíciles de reconocer... ¡Sin olvidar el retrato de Papá Joel de Cleo!

Sin embargo, el padre de Guille vuelve a ser el ganador con una increíble escultura del trineo de Papá Joel (¡con todo lujo de detalles!).

Justo entonces, llega Esmeralda a toda prisa.

—¡Socorro, ayudadme! ¡Mi querido Joel ha desaparecido! ¡Seguro que le ha pasado algo!

22
diciembre

PASTELERÍA CAFETERÍA
Abierto

¿Dónde se habrá metido Papá Joel?

Hoy, los niños corren por el bosque desafiando el frío a lomos de sus fieles caballos de batalla: ¡los miembros de la familia de Daloween! ¡Hay que encontrar a Papá Joel!

Cleo se ha subido a Daloween, mientras que Ada y Guille se han montado en Darnaval. Mario, por su parte, cabalga a Dascua, el reno más anciano de la manada. Rastrean el bosque de arriba abajo y también pasan por delante de la casa de Berto Chicote, que sigue ausente. (¿Dónde se habrá metido?).

Cuando llegan a casa de Papá Joel, Esmeralda va corriendo hacia ellos.

—¡No os lo vais a creer! ¡He encontrado a mi querido Joel! Ha estado todo este tiempo en el granero intentando arreglar el viejo trineo de su abuelo.

—¡Menos mal! —contesta Guille.

En ese momento, Mario se une a ellos protestando desde lo alto de su montura, que arrastra levemente una pata.

—¿Quién narices me ha dado este alce?

Todos se echan a reír.

–¡Es un reno, Mario, no un alce!

–¡Da igual! –responde malhumorado–. En fin, ¿me he perdido algo?

–¡Que Papá Joel está aquí! ¡Es el momento de la verdad! –exclama Guille mientras saca la pócima de la mochila.

Los niños, expectantes, esperan la reacción del anciano.

¡Papá Joel se la bebe de un trago!

Y, al segundo, se encorva.

Todo el mundo aguanta la respiración...

Cuando levanta la cabeza, sus mejillas han recobrado un color rojizo, sus ojos brillan con picardía y vuelve a sonreír.

–¡Lo hemos conseguido! –gritan los niños, dando saltos de alegría.

Esmeralda se lanza a los brazos de su marido.

–¿Qué pasa aquí? –pregunta él–. Vamos, vamos, que estamos a 30 de noviembre, chicos. ¡Tengo mil cosas que hacer! ¡Volved a casa, que va a empezar a nevar!

¡Cuántas cosas se ha perdido! Por turnos, los niños le explican TODO sin dejarse ni un detalle. Al final, Cleo le enseña el nuevo libro mágico de la Navidad. Papá Joel observa las recetas que han reunido, las imágenes y las fotos que han pegado y todo lo que han apuntado durante ese mes de diciembre. ¡Incluso hay un pétalo de eléboro y la receta del antídoto! ¡Nunca se sabe!

–Cuánto os lo agradezco. Lo que habéis hecho es... es... ¡Ni siquiera encuentro las palabras! –dice riéndose–. A partir de ahora, yo me encargo.

Al ver el gesto de decepción de los niños, se apresura a añadir:

–¡Y, por supuesto, os voy a necesitar!

De inmediato, Ada, Guille, Cleo y Mario vuelven a sonreír y siguen al anciano.

Cuando llegan a la cabaña de las maravillas acompañados de Papá Joel, se dan cuenta de dos cosas: que las casas, como por arte de magia, han recuperado su color ¡y que las noticias corren más rápido que ellos!

Hay mucha gente allí, contenta por volverle a ver. Ataúlfo, Clementina, Hércules, Violeta, la yaya Hugolina, Mauricio, Víctor ¡y todos los niños de Jutelandmökk! Papá Joel tiene los ojos llenos de lágrimas ante tanta solidaridad. Es consciente de que el pueblo entero lo apoya. Tras darle un abrazo a su fiel ayudante Ataúlfo (se equivocaron totalmente con él), toma la palabra:

–¡Queridos vecinos! ¡Hagamos lo posible para que esta Navidad sea inolvidable! ¡Unamos nuestras fuerzas para que todo esté listo a tiempo! ¡Nos quedan dos días!

Todos le aplauden antes de ponerse en marcha. ¡Incluso Daloween se pone «patas a la obra», como dice Cleo!

Al salir de la sala, Guille tropieza con una gran caja que han dejado en el suelo. Cleo reconoce al momento la firma del «destructor de la Navidad» en la etiqueta.

–¡No toquéis nada! –grita–. ¡Puede ser peligroso!

23
diciembre

PASTELERÍA CAFETERÍA
Abierto

¡Berto Chicote aún no ha dicho la última palabra!

Todo el mundo temía que se tratara de un paquete trampa y, sin embargo, ¡lo que salió de la caja fue un ramo enorme de chupachups de colores navideños! Aunque nadie se atrevió a cogerlos, por si estaban envenenados...

Tras esperar toda una noche, Guille no aguanta más. Se acerca a la caja y, cuando está a punto de agarrar uno...

–¡Ni se te ocurra tocarlo! –grita Ada, que conoce bien a su amigo–. ¡Tal vez haya una trampa!

Entonces, un hombre se acerca y dice:

–¡Claro que no! ¡Es un regalo para los niños!

Todos se quedan pasmados. ¿Quién es ese? Nadie lo conoce en el pueblo... Ada, la superinvestigadora, cree reconocer algo.

–Esos ojos me suenan... –susurra a los niños que están a su lado–. Y ese bigote torcido resulta sospechoso, ¿no?

En ese momento, Gaspar grita:

–¡Papá!

–¿Papá? –repiten los niños al unísono.

El hombre que está junto a la caja se quita el bigote, que estaba pegado, y el gorro.

–¡Es Berto Chicote! ¡A por él! –chilla Mario, listo para pasar a la acción.

–¡Esperad! –exclama Berto Chicote, levantando los brazos–. Yo... yo... quería deciros que lo siento mucho. De verdad. No sé por qué he hecho todo eso. Durante mucho tiempo he creído que esa alegría, esos regalos, esas cosas rebosantes de amor... no eran para mí. Y, cuando he visto que los niños se tomaban tantas molestias para preparar la Navidad, me he dado cuenta de que lo que había hecho no estaba bien. Y lo confieso: me encantó el chocolate con sabor a mostaza y esculpir un bloque de hielo a escondidas...

—¡Anda! ¡Ahora cuadra todo! —murmura Guille—. ¡Él es quien votó por ese chocolate tan asqueroso! ¡Y no lo reconocimos en el concurso porque llevaba puesta la pantalla de protección!

Berto Chicote sigue hablando con la mirada baja:

—No sabía que perder la magia de la Navidad iba a provocar tantos problemas en el pueblo. ¿Cómo puedo reparar mis errores?

—Bueno —interviene Papá Joel—, pues haciendo justamente lo que acabas de hacer, Berto: disculpándote de todo corazón.

Gaspar salta a los brazos de su padre y se pone a llorar.

—¡No llores, hijito! ¡Vamos a celebrar juntos la Navidad!

—Papá, ¡qué feliz me haces!

—Dejadlo ya los dos porque, si no, yo también acabaré llorado —dice Guille, con un nudo en la garganta, mientras Mario hace fotos de recuerdo.

¡Ver sonreír a Berto Chicote no es algo que se vea todos los días, por lo que merece constar en *El libro mágico de la Navidad*!

—¿Os parece bien que os ayude a prepararlo todo para la fiesta de mañana? —pregunta Berto.

—¡Con una condición! —dice muy seria Esmeralda. Todos se vuelven hacia la esposa de Papá Joel—. ¡Que vengas a celebrar la Navidad con toda tu familia!

Berto Chicote asiente con la cabeza, encantado.

–¡Vaya, vaya! –dice Guille a sus amigos–. ¿Quién hubiera pensado que por dentro es como un niño?

–¿Como un niño? –repite Cleo–. ¡Qué fácil es decirlo!

Y, mientras se acerca a Berto Chicote señalándolo con el dedo, exclama:

–¡Por la boñiga de una paloma y los pelos de una oveja! ¡No voy a quitarte el ojo de encima! ¡A la menor tontería, directo al calabozo!

–Esto... –dice Mario riéndose–. No tenemos calabozo en Jutelandmökk.

–Ya lo sé –contesta Cleo–, ¡pero he pensado que sería efectivo!

Todo habría sido perfecto si Berto Chicote no hubiera añadido:

–Ah... Eh... Por cierto... Puede que haya hecho una última tontería...

24
diciembre

PASTELERÍA CAFETERÍA
Abierto

Una Navidad única

¡Menudo día! ¡Agotador pero genial! Hacía mucho tiempo que los habitantes de Jutelandmökk no estaban así de contentos ni eran tan solidarios. Por suerte, la «tontería» de Berto Chicote no había sido algo tan grave: había mezclado todos los regalos. Sin embargo, un equipo de voluntarios consiguió colocar bien las etiquetas, y ahora todos los obsequios están en su sitio.

¡Todo el mundo podrá coger el suyo a las doce en punto de la noche, tal y como estaba previsto!

Pero, antes, los niños han recibido una invitación, que les ha entregado Daloween. Deben ir al lago de Jutelandmökk.

Allí los esperan los adultos, con mirada pícara. Clementina se adelanta y exclama:

—¡Para dar las gracias a los niños, que nunca han dejado de creer en la magia de la Navidad y han peleado con uñas y dientes para salvar a la ciudad de Jutelandmökk, hemos preparado esta sorpresa!

De golpe, los vecinos se apartan y muestran el lago decorado con farolillos y guirnaldas de colores. Incluso han preparado unos trineos para deslizarse por el hielo.

—¡Hala! ¡Es mágico! —exclama Guille.

Justo en ese momento, empieza a nevar.

Se oyen unos «oh» y unos «ah», pues en Jutelandmökk hay otra tradición: los copos del 24 de diciembre traen suerte para el año siguiente. Por eso, todo el mundo pide un deseo con los ojos cerrados.

—¿Tú qué has pedido? —le pregunta Cleo a Guille.

Este se gira y abre un ojo:

–¿Tú qué crees?

Cleo hace como si lo pensara...

–¡Que Clementina no vuelva a meter la pata con los rollitos!

Guille no dice nada, pero le guiña un ojo a su amiga. Mario, fiel a sí mismo, acribilla a fotos a los lugareños. Desde esa mañana, es el fotoperiodista oficial de Jutelandmökk.

Los niños, acompañados por Daloween, entonan la canción de Navidad. El reno canta más fuerte que nadie y provoca carcajadas generales.

Más tarde, cargados de malvaviscos con forma de reno y una bolsa de bastones de caramelo con sabor a algodón de azúcar, los niños hacen balance del mes de diciembre.

–¿Os dais cuenta? Ha hecho falta que no nevase, que la profe estuviera enferma, que Berto Chicote hechizase a Papá Joel y que robara *El libro mágico de la Navidad* para que todo fuera así de... así de...

–¡Perfecto! –le interrumpe Mario con una sonrisa.

Papá Joel anuncia el comienzo de la cena.

–¡Por fin! –dice Guille–. ¡Llevo veinticuatro días esperando este momento!

–¿No serán trescientos sesenta y cinco días? –se burla Mario, soltando una carcajada.

El festín lo componen las célebres delicias de Jutelandmökk: rollitos de canela, puré de castañas con arándanos, albóndigas en salsa, patatas asadas, col rellena con miel...

–¡Esto es el paraíso! –grita Guille.

De pronto, se oye un tintineo. La señora Gramátiquez está dando unos golpecitos en su copa con el cuchillo. Por fin ha regresado, y los niños están muy contentos.

–¡Tengo que anunciar algo a mis estudiantes! A ver, como habéis perdido bastantes días de cole, os espero mañana a las ocho para empezar a recuperar las clases.

–¿¿¿Qué??? ¿Un 25 de diciembre? –exclama indignado Mario.

–¡Ni de broma! –añade Cleo.

–¡No la teníamos que haber quitado de la lista de sospechosos! –reacciona Ada.

–¡Ja, ja, ja! ¡Habéis picado! –exclama Papá Joel.

–¡No tiene ninguna gracia! –suelta Mario, ofendido.

Sin embargo, ante las carcajadas de sus amigos, Mario se relaja y ríe también. Luego, los cuatro investigadores, juntos, se unen al gran corro de Navidad, donde todo el mundo ya está bailando y cantando.

¡Así es la Navidad en Jutelandmökk!

¡Si tuviera que elegir un personaje que se pareciera a mí, creo que sería Cleo, aunque yo no hablo renés!

De lo que sí estoy segura es de que, si la Navidad estuviera en peligro, yo también me pondría unas chapas con el mensaje: «Deja mi Navidad en paz». ¿Por qué? ¡Pues porque, para mí, la Navidad es sagrada! Me encanta pensar en los regalos (¡también en los míos, eh!), en las comidas que prepararé con mi madre, en las actividades que haremos junto con los niños de la familia, en los adornos que darán un toque de alegría...

¡La Navidad es mágica en Jutelandmökk y en todas partes!

Mathilde Paris

Cuando eres ilustradora, sueles vivir dentro de una burbuja que han formado la pasión por el dibujo y los mundos mágicos, lo cual no es ninguna tontería. Soñar es algo fundamental.

Esta historia contiene la esencia de lo que no debemos olvidar, de lo más importante a la hora de una celebración como es la Navidad: la magia y los sueños que habitan en nuestro interior.

Espero que mis ilustraciones hayan aportado todavía más magia a este hermoso libro.

Marine Gosselin

LITERATURA**SM**•COM

Primera edición: octubre de 2025

Dirección editorial: Berta Márquez
Edición ejecutiva: Patrycja Jurkowska
Dirección de arte: Lara Peces

Título original: *Mon premier roman de l'avent - La magie de Noël*
Texto: Mathilde Paris
Ilustraciones: Marine Gosselin

Impresores, 2 - Parque Empresarial Prado del Espino
28660 Boadilla del Monte (Madrid)
www.grupo-sm.com

ISBN: 978-84-1055-066-7
Depósito legal: M-5438-2025
Impreso en China / *Printed in China*